文芸社セレクション

きら星きらり

坪井 聖
TSUBOI Satoshi

文芸社

もくじ

きら星きらり

はじめに

「君はひとりじゃない。そんな言葉は嘘だと思うかい？
俺はそう思ってた。
でも今はそれがホントだって胸を張って言える。
綺麗事じゃなくて、心の底からね。
なぜかって？
長くなるけど、聞いてくれる？
それは、星がくれた俺の物語なんだ」

第1章　回想　世界の終わり

昔の昔、今よりとても前のお話。
地球がまだ幻想に満ち溢れていた頃、
この世界は神々、人間、妖精の3つの種族が、
仲睦まじく一緒に暮らしていました。
生きとし生けるもの、みなが互いを認め合い、
それぞれ生きることができる道で、命を全うしていました。
しかし時が過ぎ去るにつれ、そんな永遠のような日常も、
静かにひび割れ、崩壊が始まったのです。
人間は長い長い年月をかけ、多くのものをつくり、

発展していきました。
しかし、徐々に人間たちの間で
争いが絶え間なく起こり始めます。
木々を切り森を裂き、自分たちの住処や文明を拡大し続け、
もはや作物を育てる大地が残っていなかったのです。
限りある大地を求める欲望はやがて奪い合いを生み、
そこから生み落とされた争いの火種は恨みの連鎖を生み、
その連鎖は同調を呼び、もはや理性すら霞み、
誰にも止めることができないくらいに、
人間たちの争いは巨大なものになっていったのです。
そしてある時、
人間が遂に、当時禁断であった力を欲するようになります。
とある巨大な2国は、互いに神々をも巻き込み味方につけたのです。
その結果、肥大化した力は理性を完全に消し去り、

世界中を巻き込む争いを生んでしまいます。
世界が終わる戦い、『ツーヘイ』の勃発です。
太陽は月に隠れ、星は笑顔を忘れ、大地は泣き崩れ、
多くの命が消えていきました。
生きとし生けるもの全てを巻き込み、
理性を失った心は淡い理念を呼び、
同調という名の感染病を引き起こし、
毎日命の声が少なくなっていっても、
それでも戦いの炎が消えることはありません。
悲しみに満ちた叫びが消えることはありません。
誰も戦いをやめないから、
そんな破綻した論理の上で戦いは続きました。
神々と人間たちは休むことなく48日間戦い、
49日目には、片方の1国が最後の力を振り絞り、

神々が大地から巨大な人形をつくり、
命を与え、そして人間がそれに火の力を与えたのです。
「エンキョ」と呼ばれたその炎の巨人の吐く一息は、
相手のあらゆる命を焼き尽くしました。
しかし、エンキョを生み出した国が勝利を確信した途端、
エンキョの吐いた炎は瞬く間に地平線を赤く染め上げ、
味方諸共世界中を灰に変えました。
ツーヘイ勃発から49日目、世界は滅んだのです。
その後生き残った神々は、
2度とこの様な争いが起きないように、
人間の記憶から神と妖精の存在、そして自然の存在を消しました。
争いの種になりそうな存在を消し、
人間が争っただけの記憶に書き換えてしまうことで、
過ちを反省し、平和に暮らしてくれることを願ったのです。

そして過去の栄光を懐かしみ、神々は天に還りました。
一方僅かに残った人間たちは、住処を3つに分けました。
エンキョの炎を免れた、
小さな島を大地の国『アシハラ』と名づけ、
空の国を『マガラ』、
海底の国を『ヨミ』とそれぞれ名づけ、
平和な暮らしをしようとみな心に決めたのです。
しかし神々ならまだしも、僅かとはいえ生身の人間がなぜ、
エンキョの炎から生き残れたのでしょう。
一説によると、最後の最後まで争いを止めようとし、
炎から人間を守った心優しき神様がいたそうな。
その神様は戦いの後忽然と姿を消し、
2度と地上に現れなかった。
天に還ったのか、はたまた何かの理由で亡くなったのか、

それは誰も知りません。

第2章　小さな島国の少年メテル

ツーヘイから15年後、
各国はそれぞれ平和に暮らしていました。
ここは、3つの国の中でもっとも小さな国、
『アシハラ』です。
さほど大きくない島にあり、人口は僅か600人ほどです。
国の人は魚を釣ってきたり、野菜を作ったり、
それをお互い売り買いして生活をしていました。
小さな国でも海辺には市が開かれ、
街はいつも人の声が行き交い賑わっていました。

国の真ん中にそびえ立つ、
とても大きな風車がみなの心の拠り所です。
海風から力を借りて風車の羽根が回ると、
島の地下を突き抜け海まで伸びる車輪が回り、
海水を汲み上げ、
中の特殊なフィルターを通して塩分が抜かれます。
そうしてできた水は街中に張り巡るポンプをつたい、
国中に飲み水や生活水が行き渡る。
さらには風車の中の巨大な発電機が海風を電力に変え、
みんなの生活を支える動力になっています。
アシハラの国民は、海風に守られていたのです。
そんなアシハラには、ある変わった少年がいました。
街の外れに住むメテルという少年は、
魚や野菜の代わりに、毎朝小鳥から木の実をもらい、

それを街で売り歩いていました。
小鳥からもらう木の実は不思議な効能があって、
風邪に効くもの、疲労に効くもの、潰して傷の塗り薬になるもの、
様々でした。
なので街へ売りに出掛けると、たちまち大盛況、
メテルの周りには人だかりができます。
しかし、街のみんなは木の実を買うと、
あっという間にいなくなってしまいます。
メテルは生まれながら頬に不思議な模様があり、
その見た目からは想像できないくらいに力も強く、
小鳥や他の動物と話すこともできました。
そんな自分達とは違うメテルの個性を、
みんなは気味悪がって、
誰もメテルと話そうとはしなかったのです。

「今日は風邪に効く木の実を持ってきたよー！

あ、こないだの木の実をどうだっ……」

毎日木の実を売っては、目の前で人が無言で去っていく日々、

その日々はメテルの笑顔を確実に食っていきました。

「ねえお父ちゃん。

なんでみんなメテルとお話ししないの？

メテルいっつも笑ってみんなに木の実くれるし、

あたしも木の実でこないだ風邪治ったし、

メテル大好き。あたしありがとう言いたい！」

「だめだよ。いいかい？　メテルには話しかけたらだめだ」

「なんで？

お父ちゃんもこないだ夜にお母ちゃんと話してたじゃん。

メテルはとってもいい子だって。

みんなも言ってるもん。

なのにみーんなコソコソ言っててさ、
メテルにちゃんと言ってあげればいいのにー」
「メテルは他の子と違うんだ！
知ってるだろ？　メテルは頬に変な模様があるし、
なぜか動物と話せる。しかも子供なのにすごい力持ちだ。
みんな怖がってるんだよ」
「怖がってるなんて嘘！　じゃあお父ちゃんはメテルのこと嫌いなの？」
「い……いや嫌いとかじゃないんだよ。
そりゃあの子はいい子さ。そんなのはわかってる。
でもいいかい？　みんな怖がってるんだから、
みんなと同じ様に話しかけずにいなさい。
でないと、父ちゃんたちも仲間外れにされちゃうよ。
それでもいいのかい？」
「変なのー、みんな好きなくせにー。

怖がってなんか本当はいないくせにー！
もういいよ、わかったー」
街の人たちがたとえ心の底でメテルを好きでいても、
言わなければメテルが知る由もありません。
逆に見た目の違いで歩み寄りを避けたメテルへの行動の数々は、
彼をひとりぼっちであると認識させるには、
十分すぎることでした。
今日も木の実を売り終えて、
メテルは夕暮れに続く、
いえ、夕暮れに続いて欲しくない道を1人歩きます。
「メテル、たまにはお前、休んだらどうだよ？
遊ぶことも大切だぞ？　息が詰まるだろ？
毎日毎日、仕事してさ」
小鳥がメテルに問いかけます。

「だめだよ。
前にもその話、したろ？　俺のせいで母さんは苦しんでるんだ。
俺がみんなと違うせいで友達もできなくて、
そのことで悩んで体調を崩したんだよ。
だから母さんのために頑張らないといけないんだ」
「ばかたれ。絶対そうじゃないけど、仮にそうだとしても、
お前のお母さんはそんなこと望んでないだろ？
それは、お前が一番わかってるだろ？」
「いいんだ。これは俺が決めたことだから、
これでいいんだ。はい！　この話終わり！
明日の朝も木の実をよろしくな」
「頑固なやつだなあ。
木の実だって、ただ商売のために渡してるんじゃないぞ。
お前が他の人と話すきっかけになればと、

そう思ってるんだからな。
そんなこと続けてると、いつか自分の考えが自分に爪を立てるぞ。
まあ、とりあえずまた明日な」

第3章　出会いとはじまり

「ただいまー！」
家では、病気のお母さんが寝ています。
元々2人は街に住んでいましたが、
メテルが幼い頃、
その見ための違いから周りの子供が怖がり、
メテルがひとりぼっちになることが多くありました。
遊びの輪に入ろうとすれば周りの人は去っていく、
そんなメテルを母サクヤは心配し、住まいを街外れに移したのです。
ひとりぼっちで佇む自分を、

母が涙を流して抱きしめてくれたのをメテルはよく覚えていました。
「メテル、いつもごめんね。ほら、ビスケットをおあがり」
「それは母さんのだよ！　俺は大丈夫。母さんが食べて！」
わずかなお金は全て母親の食事代に費やしていたため、
もうメテルは何日も飲まず食わずが続いていました。
今にも叫び出しそうなお腹を叩き、
息つく暇もなくメテルは家事に取り掛かります。
毎日家に帰っては、母の食事を作り、2人分の洗濯をし、
家の中を掃除をするのが日課です。
そしてメテルの家にはポンプが伸びていません。
ひとしきり家事が終わると、
街に住む1人暮らしの老人の家へ行くのも、日課の1つです。
街の他のみんなはメテルを怖がり家には入れてくれないので、
その老人の家で水を分けてもらっていたのです。

「おおメテル、いらっしゃい。
毎日精が出るのお。ここまで来るのも辛かろうて」
「やあワトじいちゃん！　問題なし！　言うほど遠くないしね」
「ほっほ。若いっちゅーのはええのお」
ワトじいさんは街に住む好好爺。
メテルの世話をすれば街の人から忌み嫌われるのですが、
老人だからとみなも何も言いませんでした。
はみ出し者にはなっていましたが、
そんな事は全く気にかけず、メテルに水を分けたり、
話し相手になっていました。
ワトじいさんはなぜだか、
メテルの人柄に魅力を感じずにはいられなく、
放っておくことができなかったのです。

「しっかしじいちゃん。
いいかげん家の中、片付けたらどうだ？
いっつも本が散らかり放題じゃないか。
大切そうに側に置いてるその本ももう読まないんだろ？　しまいなよ」
「いやあ、何か忘れてる気がずっとしててなあ、
これを読めば思い出す気がするんだが、
何せこれを見つけた時にはもう目が悪くて読めなんだ。ほっほ」
「こないだ代わりに読んであげたじゃないか。
昔は神様と人間、いろんな種族が平和に暮らしてたって。
そんな昔話だろ？　なんかじいちゃんは日記って言ってたけど、
そんな事あるわけないし、
昔の童話か何かを、どっかで拾ったんじゃないの？
まあ、いいよ、俺が家の中、今日掃除してあげるよ。
いつも水を分けてもらってるお礼だ」

「ほっほ、優しいやつじゃのお。ありがとう。
お前さんと会うとなぜか懐かしい気がするのじゃよ」
「なんだそれ？　ああ、ほらじいちゃん片付けるからそっち座って！
すぐ掃除終わらせるからさ！」
そうして掃除に夢中になっていたメテルは、
すっかり時間が経ち、もう日が暮れ始めているのに気づきました。
ワトじいさんの家の掃除を終え、忙しなく帰路につくと、
珍しく帰り道の夕陽がいつもより煌びやかに感じました。
なぜかはわかりませんが、
どこかでいい事がある気がして、
メテルは駆け足でいつもの道を走りました。
「ねえ、待ちなさいよ！」
勢いよく走っていると、
急に後ろから声が聞こえます。

振り向くと、自分と同い年くらいの女の子が、
笑みを浮かべながら立っていました。
「君は誰だ？」
「私はモイ！　ねえ、私と一緒に遊ばない？
仕事終わったんでしょ？」
「えっ、遊んでくれんの!?」
「そうよ！　あんたいっつも1人でいるでしょ？
遊ぼ！　楽しい事たくさん教えてあげるから！」
刹那、メテルはこれまでに感じたことのない、
宝が降ってきた様な高揚感を抱きましたが、
すぐに笑顔を心の奥にしまいました。
「いや、ごめん。やっぱりいいや。
俺には遊んでる暇ないんだ。
というか、遊ぶ資格なんてないんだ」

自分が人と違うせいで、
自分を生んだ母親が一緒に街外れに追いやられ、
体も追い込まれ苦しんでいる。
それだから、自分だけ遊んでいてはいけないと、
メテルはそう思っていたのです。
どれだけ小鳥に諭されても変わることはなかった、
メテルにとって信念を持たぬ鉄で縛られた、
掟の様なものだったのです。
「何言ってんの？　遊ぶのに、
楽しいことするのに資格なんていらないわ！
あんた、このままじゃ今よりもっと辛くなるよ！
そんな気がする！　だから遊ぼうよ！」
「ごめん。そういうことだから遊びには行けない。
行けないんだよ。ごめん」

「何よ！　つまんないの！」

モイは走っていってしまいました。

モイの背中を引きつった微笑で見つめ、メテルはまた暗い夕陽を迎え、家へ向かいます。

家への道中、また小鳥が話しかけてきます。

「メテルー。お前、またとないチャンスだったじゃないか。

くだらないプライドなんか捨てて、遊びに行けよー」

「うるさい！　これでいいんだよ！」

モイが去ってから強烈に痛む自分の胸を叩いて、
メテルは駆け足で家へと帰り、すぐに眠りにつきました。

今日の事を早く忘れたいのに、体は明らかに拒絶している。

そんな自分に苛立ち、メテルはどうにかなってしまいそうでした。

次の日も、また次の日も、

メテルは木の実を売りに街へと繰り出します。
街のみんなは、
変わらず木の実を買っては無言で立ち去ります。
「まいどあり！　なあ、こないだの木の実……」
メテルと街のみんなの目が向き合う瞬間すら、
訪れることは一切ありません。
「モイは、笑ってくれてたな……」
母やワトじいさん以外に初めて、自分に笑顔を向けてくれた人です。
メテルはあの日から、
どんなにモイと出会ったことを記憶から消したくても、
いつもそれは自分に寄り添って離れないのです。
街に行く度に、いや四六時中モイを思い出していました。
「だめだ！　俺は遊んじゃだめなんだ！」
自分で心を締めつけ、メテルは自分に言い聞かせます。

そして今日も木の実を売り終えると、すっかり日が暮れ、帰ろうといつもの並木道を歩いていた時です。

「こら、メテル！」

「え！　モイ！　なんでまた！」

目の前にモイが現れ、メテルはびっくり顔です。

「遊びに行こ！　秘密の場所に連れてってあげる！」

「いや、だから俺は……」

「うるさい！　行くよ！　ほら！」

モイはメテルの腕を引っ張り、

大きな丘の上に向かって走り出します。

「ちょっと、モイ！　どこに行くんだ？」

「いいから走って！　もう暗くなってるから！

今が見ごろなの！」

「見ごろ……？」
メテルのとぼけ顔を笑い飛ばし、モイは走り続けました。
息も絶え絶えに、丘の上にやっと着いた時、
時間的に辺りは真っ暗なはずなのに、
とても明るい空気に囲まれている気がしました。
「はあ、はあ、モイ、ここはどこなんだ？」
「ねえメテル、上を見てみて」
メテルは上を見上げると、
その光景はしばらくメテルの心を掴んで離しませんでした。
青白く光り輝き、夜空を飾る幾千の星たち。
その輝きはどこかなつかしさを感じ、
心の黒く落ち込む部分を全て照らすかの様に、
自分に優しい光を当ててくれている。
そして星たちは、誰も争わず光り輝き、自分の存在を教えています。

星の光を額縁の様に包み込むのは、
目の前に咲き誇る紫苑の花たち。
通り過ぎる度に、鼻をくすぐってくる夜風のみんな。
目の前にある命全てが、
目一杯楽しく生きている光景が、そこにはあったのです。
「メテルすごいでしょ？　驚いた？
世界は綺麗なんだよ。
あんたみたいにいつも下ばっか見てもさ、
行き先がわからない足が見えるだけよ。
周りを見てみなさいよ。
綺麗な世界が広がってるから。
ってこの言葉、ママの真似だけどねっ！　へへっ」
「ありがとう、モイ。
なんだか気持ちが楽になった気がするよ」

「あ、そうだメテル。何か辛いことがあった時の、
元気が出る魔法の言葉を教えてあげる！
それはね、『きら星きらり』っていうの」
「何それ？　きら星きらりって」
「きら星っていうのはね、
少し昔の言葉らしいんだけど、
夜空いっぱいに光ってるたくさんのお星様のことを言うんだって。
暗い夜をきらきらと輝く星を見てさ、
嫌なことがっても、必ずいつか良いことがあるんだ。
ただの暗い夜だけなんてあってたまるかって思ったの。
私、もっと小さい頃、体が弱くて誰とも遊べなくてさ、
毎日ちっとも楽しくなくて、ベッドの上でうずくまってたからさ。
だから前にここで夜空を見た時、
嫌なことがあっても絶対良いことある！

きら星きらり！って何かピンと思いついたのよ！

どう？　元気出るでしょ？　ねえ？」

「何か無理矢理な気もするけどなあ」

「細かいことはいいの！　ほら言ってみよ！　せーのっ！」

「きら星きらり！」

「ね？　元気出たでしょ？」

「モイ、びっくりした。なんか元気出て、
思わず笑っちゃったよ、嘘みたいだ！」

「でしょ!?　ほら！　よかったー！　へへへっ」

「モイ？」

「うん？」

「また遊んでくれる？」

「何言ってんのよ！　もちろんっ」

第4章　心に落ちる影

それからというもの、
メテルとモイは毎日、仕事終わりに2人で遊びました。
花の蜜を吸いに行ったり、
メテルの友達である小鳥と遊んだり、
遊びの最後はいつもあの丘の上で星を眺めました。
星を眺めては、2人で指を使って星座を作り、
変わった名前をつけてはゲラゲラ笑い合っていました。
「ねえ、メテルのお父さんはどこにいるの？」
「お父さん？　いや、もう死んじゃってるんだ。

というか、全然知らないんだよ。顔も知らない。
母さんからは、すごく強く偉大な人だったたって聞いてて、
でも生まれる前に死んじゃったから、全く記憶にないんだ」
「へえ、すっごい人だったのかなあ。気になるね。
メテルも不思議なことがたくさんできるし、
お父さん似なのかもね！」
「どうなのかな。でも知りたいとは思ってる。
父親のことは、母さんもあまり教えてくれないし、
家族も母さん以外にいないし、余計にね。
何かあるだろうなあって思ってる」
「いつかわかるといいね！
私のお父さんとお母さんはね、2人とも海で漁をしてたの。
でも、この辺の海は魚が毎年取り辛くなってるし、
海もどんどん温度が上がって魚もいなくなってきてね、

魚を探して更に遠くの沖に出ようとして、
船が大しけにあってひっくり返っちゃったのよ。
それで2人とも溺れて死んじゃった」
「そうだったんだ……」
「で、今は自分で野菜を育てて売ってるのよ。
街に売りに出かける時、私と同じで、
いつも1人で木の実を売ってるメテルを何回か見かけてね、
見る度に下向いて歩いてるから、
元気出して欲しくて声をかけたってわけ！
なんか昔の自分を見てる気がしてさ」
「ありがとうモイ。そのおかげでほんとに救われたよ」
「ならよかった！
まっ！　これからも私の友達として連れ回しまくるけどね！」
「ハハッ！　連れ回しまくる？　上等だよ！　俺もそのつもりだ！

たくさん遊ぼう！　ずっと、ずっと」
モイとの幸せな日々は、
地続きではない様な、どこか夢の中の世界にいる様な、
そんな気分をメテルは感じていました。
しかしこの時はまだ知りませんでした。
心の影が徐々に、しかし確実に自分へ迫ってきていたことを。

いつもより夕陽がひどく暗く感じたある日のことです。

今日もいつもの様に仕事を終え、モイと遊び別れた後、
帰路についたメテルのもとへ小鳥がすごい勢いで飛んできました。

「メテル!!　急いで家に戻るんだ！　早く！」

「どうしたんだ？　そんなに慌てて」

「お母さんが、今にも天国に行ってしまいそうなんだよ！」

「え!?　嘘だ！　そんな……」

「いいから早く!!　走って！」

メテルは感じたことがないくらいの、ものすごい速さで動く心臓に顔をしかめながら、必死に家まで走りました。

家に着くと、そこにはいつもより痩せて見える、息の弱い母が寝ていました。

「母さん！　大丈夫!?」

「ああメテル。どうしたの慌てて。

今日も楽しかった？

今夜は冷えるから、毛布をかけて寝なさいね」

「ばか！　そんなことより自分の心配してよ！

もう、もう、
母さんが危ないことくらいわかってんだから！

俺は、俺はどうすりゃいいんだよ！」

メテルの焦りをよそに、
母のサクヤは優しく微笑み、メテルの頬に手を添えました。
「メテル、確かに私は今日死ぬでしょう。
でも星になって、ずっとあなたを見てる。
辛くなったら空を見上げなさい。暗い夜はないから。
それにあなたはもう大丈夫。
お母さん嬉しかったのよ。
あなたが毎日モイちゃんと遊ぶようになって、
いつもの笑顔とは違うとびっきりの笑顔で、
モイちゃんのこと話すあなたを見られて安心したの。
メテル、私の息子でいてくれてありがとう。
大好きよ。風邪、ひかないようにね」
そう言うと、メテルの母は静かに、
そして笑顔で天国へ行ってしまいました。

「母さん！　母さん！

俺が、俺が最近遊んでばっかりで、母さんを見ていなかったからだ。俺のせいだ。俺は……俺は……何をしてたんだ。

神様、ああ、お願いだ。どうか、どうか、母さんを連れて行かないでくれ」

願いも虚しく、徐々に冷たくなっていく母の手を握りながら、メテルは泣き崩れました。

そしてお母さんが天国へ旅立ってからしばらくして、メテルは近くの草原に震える手で土を掘り、お母さんのお墓を建てました。

しかしその後、メテルは毎日家の近くの大きな岩の下で、ずっとうずくまってしまったのです。

来る日も来る日もうずくまって動かず、

メテルの心は、黒くぐちゃぐちゃに塗られてしまったのです。
「おいメテル。うずくまっててもしょうがないじゃないか！
お前はひとりじゃないはずだ。
大切な人がいるだろ!?　メテル！」
小鳥が話しかけても、全く反応を示しません。
やがて、最近全く街に姿を見せなくなったメテルを心配して、
モイも家にやってきました。
「メテル！　どうしたの？　最近街にも来ないで、
心配したよ！　具合でも悪いの？」
モイに話しかけられると、うずくまったまま、
メテルは少しだけ答えました。
「モイ？　モイか。母さんが死んだんだ。
俺のせいだ。俺のせいで母さんは具合が悪くなったのに、
最近俺が遊んでばかりで、

面倒をちゃんと見てなかったからだ。
もっと見ていたら、もっともっと長く生きられたかもしれないのに。
俺は……」
しばしの沈黙が流れ、風が吹き終わると、モイが話し出しました。
「メテル、それは違うよ」
「え？」
「お母さんは幸せだったんじゃないの？
メテル言ってたじゃない。
自分が遊ぶようになってから、
お母さんの笑顔が増えたって。どんな薬を飲んだ後よりも、
元気に笑って話を聞いてくれたって。
私はお母さんのことをメテルより全然わかってないけど、
お母さんは、あんたがこうして苦しんでるのを、
望むような人なの？

違うなら、生きてる私たちにできるのは、
天国の大好きな人に、笑い声を飛ばすことしかできないの。
私はそうして生きてる。
パパとママが死んじゃった時、
最初はメテルと同じでとっても寂しくて、
何もする気になれなかったの。
何度も何度も泣いて、
目が痛くて毎日眠れなかったくらいにね。
でも今はたくさん笑って、天国に笑い声を飛ばしてるの。
心配しないでって。パパとママも天国で笑っててねって。
だから、メテル。
悲しむなとは言わないから、遊びに行こ？
辛い時は逃げていいの。言ったでしょ？
隣を見たら、綺麗な世界があるんだって。ね？」

「何がわかるんだよ」
「え？」
「モイに何がわかるんだよ！　いいからほっといてくれ！」
その言葉に2人の時間は止められ、
しばらくまた沈黙が流れました。
その沈黙が、余計に自分をなじってきている気がして、
無性に苛立ち、やるせなく、メテルはそれ以上何も言えませんでした。
草木を揺らす風の音がよく聞こえるくらいに、
辺りの音が小さくなってから、
モイは半泣きの引きつった笑顔を見せ、
メテルに毛布をかけ、無言で去って行きました。
そしてその帰り道、街の子供たちが待ち伏せしていて、
モイに矢の様に言葉を浴びせました。
「おいモイ！

お前、なんで最近メテルと遊んでんだよ！」

「そうよ！　メテルとは話しちゃいけないって、大人たちはみんな言ってる。あんたもやめなさいよ！」

「メテルと話してはいけない？　どうして？　メテルが何をしたのよ。なんでいけないの？　言ってみなさいよ」

モイはそう言うと冷たい目で全員を見渡し、その場を去ろうとしました。

「うるせえ！　大人もみんな言ってんだからそうしろ！　そうしないとお前も仲間外れにされるぞ！　いいから会うのやめろよな！」

ドンッ！

1人の少年がモイを突き飛ばしました。

「ちょっと、いくらなんでもやりすぎよ！」

「やべっ。つい……いいかモイ！　わかったな？　みんなと一緒になれよ！」

モイは倒された拍子に擦りむいた腕を押さえ、再び帰路につきました。

これでメテルに会わなくなると、誰もが思うかもしれません。

しかしその翌日も、そのまた翌日も、モイはメテルの家の近くにやってきました。

メテルの負担にならないよう、遠くに座り、じっとメテルが顔を上げるのを待っていたのです。

雨の日も風の日も、仕事終わりにモイはやってきて、ただじっとメテルを待ち続けました。

あの日の事を思い出しながら。

あの日——

「ヒック、ヒック。ママ、パパ、私はどうすればいいの。

私、何もできないよお……1人にしないでよお」

「あれ？　お前、腕どうしたんだ？　怪我してるんじゃないか」

「え、あなた誰？」

「俺はメテル！　いいから、腕どうしたんだよ？

そのままほっといたら、バイキンが入って大変な事になるぞ？」

「昨日転んじゃったの。でもお金ないから薬も買えなくて」

「そういうことか。

この木の実を握り潰しな！　傷に塗ればすぐに良くなる！」

「え、だめだよ。私お金持ってないもん。

それに、あなたはこれを売りながら街を歩いてるんでしょ？」

「何言ってんだよ！　お金なんていいよ。

ほら早く！」

「……」

「……何ボケっとしてるんだ！　もう俺がやってやるよ。

こうやって潰すんだ！　そんで、ここに塗ってっと……。

ほら！　もう痛みないだろ？　な？」

「ほんとだ、嘘みたい……」

「へへっ！　よかった！　それじゃあな！」

「あ！　ちょっと！」

第5章　星空の夜に

メテルがうずくまり動かなくなってから、
いったい何日が過ぎ去ったでしょうか。
モイだけでなく、街の人たちもその異常な気配に気づき、
困惑していました。
「ねえお父ちゃん。最近メテルが来なくない？
どうしたんだろ。
いつも木の実持ってきてくれてたのに」
「そうだね、こんなこと今までなかった。
本当におかしい。メテルの身に何かあったのかな。

いっつも元気に野菜を売ってたモイも、ここ最近元気がなかったし、
あの2人はよく遊んでたから、余計に心配だな」
「本当に心配！　ねえ！　探しに行こうよお父ちゃん！
みんなもすごく心配してたし、
きっと一緒に探してくれるよ！　あたしお願いしてくる！」
「いや！　待ちなさい！　そんなことしてはだめだ！
こないだも言ったろ。みんなメテルとは深く関わらない。
父ちゃんたちもそうするんだ。
わかったね？」
「え、でもお……はーい……」
街の人たちとは対照的に、
モイは変わらず、
今夜も仕事終わりにメテルのもとへやってきました。

「メテル、大丈夫。私がいるから。
あんたはもうひとりじゃないんだから。
今度は私があんたを助ける番だからね」
そう呟きながら、メテルを遠目にじっと待ちます。
そんなある日の夜、
とある不思議な事がメテルの身に起きたのです。
すっかり目が暗闇に慣れ、
思考することを放棄したそのメテルの心の中に、
謎の囁きが入り込んできたのです。
「こっちにおいで」
その言葉に誘われるように、
メテルはおもむろに立ち上がりました。
そして無意識でしょうか、疲れて寝ているモイに毛布をかけ、
声の聞こえた方角に向かって歩き出しました。

見慣れた道なのに、いつもとは違う。

夜風にざわめく木々もなければ、
月の光に照らされ鳴り響く、夜虫の演奏会もありません。

辺りは真っ暗で、ただ光の道が真っすぐに伸びています。

その道をメテルはただ歩き続けました。

「もう少し。ほらおいで。こっちだ」

誘う言葉がはっきりと聞こえた時、
メテルはハッと気づきました。

「あれ、俺はなんでここに？」

そこは、いつもモイと星を見た、あの丘の上でした。

見慣れた紫苑の花が、いつにも増して誇り高く見え、
どこか星たちもいつもより賑やかな感じがします。

「いつの間に俺はここに来たんだ」

「よく来たね」

困惑しているメテルの前に、
羽の生えた小さな少年が現れました。

「君は誰だ？　聞こえてた声と一緒だ」

「そうだ。メテル、お前を呼んでたのは私だ」

「なんで俺の名前を知ってる？　何が何だかわからないんだけど」

「ははっ、そうだろうな。私はルタ。妖精だ」

「妖精……？　え、俺は今妖精と会ってんの？

待って、そもそも妖精なんているわけないし……」

「当然の反応だな！　詳しいことは飛びながら話そう。

さ、行くよ！」

「行くってどこへ？　待って！　俺は飛べないし、なんだこれ夢なのか？」

「夢じゃないさ。お前の足に羽をつけたから、
飛べるよ。さあ！」

そろりと足を見ると、

確かに白く小さな羽がアキレス腱の辺りに生えていました。

「きっと夢だ、うん。だから飛べる、夢だからな、うん」

状況の理解が全く追いつかないメテルですが、
言われるがまま、丘の上から飛び降りました。

「ルタ！　ほんとに飛んでるよ！　すごい夢だ！」

「夢じゃないが、よかった！　さあ行こう、星の国まで」

「星の国？」

「行けばわかる！」

ルタとメテルは上へ上へと飛んで行きます。

雲も夜はすやすやと眠っていて、とても静かです。

「なあルタ、これが本当に夢じゃないなら、
この世界には妖精とか神様とかが本当にいるの？」

「ああ、いるさ。お前には話していいかな。

今お前たちが住んでる世界がどうやって成ったのか、

知ってるか？」
「ああ、それなら前に街のじいちゃんが教えてくれたことがあるよ。
今はここアシハラと空の国、海底の国の3つしか国はないけど、
昔はたくさん国があって、人もたくさんいた。
でも15年前、大きな戦争があって、
国も人間もほとんど滅んでしまったって。
それで、残った人はみんなで平和に暮らそうと誓って、
今の3つの国を作ったんだろ？」
「まあ、その程度しか知らないだろうな、お前たちは」
「え？」
「だいたい合ってはいる。
だがこの世界はな、少し前までは神々と妖精、
人間やあらゆる命が仲良く暮らしていたんだよ。
でも、人間は特に頭が良くてね、いろんな物を発明した。

そしてその発明のために木々を切り、命を操り、海を汚してきた。
権力にも溺れた。しかもそれに留まらず、
自らのせいで大地が無くなってきた途端、
大きな戦争を始めたんだ。15年前の戦争の引き金は、
自然の奪い合いだったんだよ。
最終的には、神々と人間が作った兵器が、
味方敵問わず全てを焼き尽くし、世界が終わったんだ」
「え、てことはアシハラの国以外にも、
草木や豊かな海があるのか？」
「ああ。お前たちが住んでる国以外にもあるさ。
しかし、お前の国の様子をこないだ見ていたが、
人間は変わらず愚かだな。
いつも徒党を組んでは仲間外れを生んで、それを繰り返す」
「そうかな？　俺はそう思わないよ」

メテルは頭を通さず出た自分の言葉に、少々驚きました。
確かに、
自分を好奇の目にさらす街のみんなを、
恨みたくなる時がたくさんあった。
いや、恨んでいた時があったかもしれない。
なのにルタを否定する言葉が、無意識に口から出たのです。
「なるほどな、お前は父親そっくりなんだな」
「え？　父親？　君は知ってるのか？　俺の父親を」
「ああ知ってる。お前の父親に、私は昔仕えていたんだよ。
本来妖精は神々にも人間にも、誰の味方にもならないんだけどな。
まあ、めんどくさいから言うが、お前の父親は、神様だ」
「なんだって？　ちょっと待て。
丘の上からの情報が多すぎる。
俺の父親が神様？　そんなことあるもんか。

俺は母さんの子で、ただの人間だ」
「じゃあ、ただの人間のメテル。
お前には、見た目のその類の模様以外にも、
他の人間とは違うことがたくさんないか？
なぜお前は鳥と話せる？　なぜありえないほど力が強い？
お前が神様の子だからさ。正確に言うと、神様と人間のな。
その類の模様、それは神の御印だよ」
それが神としての特徴なのか、
答えを自分で出すことは不可能でしたが、
人と違う点が何個もあることをメテルは思い出します。
しかしまだ、得心がいきません。
「俺が神様の子？
いやでも、なんで俺は神様と母さんの間に生まれたんだ？
普通、そんなことありえないだろ」

「種族が違うからか？
まあお前の父親のおかげで、
今はそれは何もおかしいことではないと私は思ってるが、
お前の父、まあ親分は変わった人でな。
同じ神々にはもちろん、人間にも大層優しかった。
神々が人間を見限りそうな時に、何度も味方した。
人間は、美しい生き物だとよく言っていたな。
欲望が深いからこそ、他者と他者の心もわかろうとし、
もがき苦しんでいる。儚くも美しい生き物だと。
そして地上の見回りで降りてきた時、お前の母と出会い、恋をした。
人間と交わると神は永遠の命を失い、
死んだら人間と同じ様に星となるんだよ。
それを覚悟で交わり、お前が生まれた。
戦争ではお前たち家族と、この世界を守るために戦い、

その時の傷が元で亡くなったんだ。
燃え盛る炎の中で、
木に足が挟まって身動きがとれなかった妻のサクヤ様を助け出し、
そのまま炎の中に飲まれたのさ。
お前は、深い愛情の中で生まれた子なんだよ、メテル」
メテルはなぜだかそれを聞いて、
ひどく罪悪感に襲われましたが、理由はわかりません。
自分の出自を聞き、声に出す言葉を迷っているメテルを横目に、
ルタは話し続けます。
「なんだか辛気臭くなった気がするな。
ともあれ、もうすぐ星の国に着くぞ。
あの雲と雲の割れ目があるだろう？　そこが入り口なんだ」
「入り口？　割れ目の奥も普通の夜空だけど……」
「進めばわかる！　さあ、入るぞ！」

目の前には空と空の割れ目があって、
そこは時が戻るかの様に、風が上へと巻き上がっていました。
そして割れ目に入った時、
目が開けられないくらいの光がメテルを包み込んだのです。
「うわっ！　何だ眩しい！」
その瞬間、メテルは気を失いました。

第6章　天体旅行

目を覚ますと、
目の前には両端が雲で覆われた大きな門がありました。
「ルタ、ここは？　星の国なのか？」
「ああ、星の国の門だ。
まだお前がここを開けるのは早すぎるから、私が開ける。
後ろに下がってろ」
ルタは門の前で手を振り、光の粉をかけました。
すると大きな音を立てて門が開き、
待ちきれないメテルは高揚する心と一緒に、

開いてる途中の門から中を見ました。
そしてそこには、光り輝く不思議な世界が広がっていたのです。
古代都市の様な広く大きな街、
青白く光る運河が至る所に流れていて、
水面にはたくさんの夜光虫が舞っています。
その光が、街全体を明るく照らし、
幻想的な雰囲気を醸し出していました。
そして街には、人間らしき命が賑わいを見せています。
形は人間ですが、光り輝いているため、
顔立ちや身なりは全くわかりません。
みんな同じ見た目の光る生命体が、
自分たちの世界と同じ様に暮らしていたのです。
「ルタ、いったいここは何なんだ？
こんな世界、今まで見たことない」

「ここはな、さっき言った通り星の国なんだ。
お前たちがよく口にする、天国といったところかな。
現世で命を全うした人は、みんな星になるんだ。
その者の魂が、そのまま星になるのさ。
だから、ちゃんと星は現世で生きていた時の記憶がある。
そして空から見守っているんだよ。
現世に残してきた愛する人に、
自分たちが見守っていると伝わるように、
みんな光り輝くのさ。私たちはここにいるよってな。
いつか自分の大切な人が星になった時、
隣に並び線を結び、星座を作るってわけさ。
この星の国は、毎夜光り輝いた後、
星たちが一休みに来る場所なんだよ。
あの光る生命体は、みんな星、人の魂さ。

俺たちにはわからないが、
「星たちはお互い誰が誰だかわかってるはずだ」
「星たちが人の魂で、ここは星たちが一休みする所、
夢みたいだ……」
「ところでメテル、なんで星たちは夜に光り輝くと思う？」
「さっきルタが言ってたように、
自分たちの存在を示すためじゃないのか？」
「ああ、それももちろんある。だけどそれだけじゃない。
お前たち人間に、教えてくれているのさ。
暗い時にも、必ず光があると。
そのために星たちは真っ暗な夜空に光を灯し、そして飾るんだ。
暗いだけの夜なんてないんだよ」
その言葉に、妙に納得できたメテルですが、
なぜだかはっきりわかりませんでした。

この星の国に着いてから、
心の中に詰まったものが取れません。
感動の裏で、そんなもやもやがメテルの中にはありました。
「そっか、だからあんなに星は美しいんだね」
しばらく道なりに歩いていると、
一際光り輝く大きな建物が見えてきました。
中から星たちが笑い合う声が漏れ聞こえてきて、
どことなく周りの光も揺れ動き、踊っている様に見えました。
「ルタ、あの建物はなんなの？」
「あれは酒場だよ」
「酒場？　そんな場所もあるのか？」
「ああ。だが少々変わった酒場でな、
店の中を少し覗いてみろ。すぐにわかる」
そう言われ、メテルは光が差す窓から中を覗き見ました。

「なんだあれ？　奥の壁に何か映し出されてる」
そこに映し出されているのは、現世の人でした。
映像の前に座る星が変わる度に、
映し出される人も変わります。
現世の人が笑ったり、泣いたりしてる姿を見ながら、
星たちは語り合ったり、笑い合ったり、
ずっとその映像を見つめている星もいたり、様々でした。
「そうだ。奥に映し出されてるのは現世の人だ。
それにもう少し広く中を見てみな。
建物中にいろんな人が映し出されてるだろ？
みんな現世の愛する人が笑ってる姿を見て、
ああやって酒を片手に笑い合って、
そして語り合っているのさ。
生きている愛する人の笑顔を肴に、

みんなで飲んでるってわけだな。
星たちにとっては、何よりも幸せな時間なんだよ。
まあ、現世の人が泣いてる時は、星たちも一緒に悲しんでるんだがな」
その酒場は、何階建てか数えられないくらい、
各階層にたくさんの星たちが光り輝き賑わっていて、
その視線の先には、
愛する人たちの笑っている姿がありました。
毎夜、現世の人が光を絶やさないように輝き、
星の責務を果たす。
全ては現世に残してきた、愛する人のために。
メテルの目の前には、姿を失ってからも強く生きる、
そんな魂の美しさがありました。
しかし辺りをよく見渡していると、
笑っている星たちだけでなく、

うずくまったり、肩を落としている、
光っていない黒い星たちもいます。
「なあルタ。
なんでちらほら楽しそうじゃない星もいるんだ？」
「あれは生前人をたくさん傷つけ、人の嫌がることや、
恨まれることをしていた者たちさ。
あいつらを覚えてる人なんて、そもそもいないからな。
現世の人に想われていない者は、
あそこに誰かが映し出されることはないんだよ。
だからこの国に何度きたって、あいつらは笑うことはできない。
さっき現世で命を全うした人は、
みな星になると言ったが厳密には違うんだよ。
あの者たちは、光り輝く星になることを許されず、
魂だけがこの国を彷徨い続けるんだ。

現世での行いを悔いて、救いを求めて、
何度もこの酒場に来ては、ああやって肩を落としてる」

「そんなこと、悲しすぎるな……」

「そうだなあ。

あっ、せっかくの夢心地に水を差したな。すまん。

お詫びに、お前をとっておきの秘密の場所に連れていってやる」

「そんな場所があるのか？」

「ああ、ついてきな、たまげるぞ！」

ルタはそう言うと、メテルの腕をグイッと掴み、
半ば強引にメテルを秘密の場所に案内しました。

「はあ、はあ、ルタ、いったいどこまで登るんだ？

もう結構長いこと歩いてる気がするんだけど」

「もうすぐだ！

ほら、あそこからものすごく明るい光が差してるだろ？

あそこだ！」
その場所に着いた時、メテルは目を疑いました。
そこからは星の国はもちろん、
その周りまで一望できたのです。
星の国の周りは金色に輝く野原の様に、
雲が一面にびっしり漂っていて、
星の国をより一層特別な雰囲気に演出していました。
「すごい、星の国がここから一望できるのか」
「そうだ！　どうだ綺麗だろ？
ここまで登ると星の国は当然だが、
周りの金色の雲も見ることができるんだ。
神々の国はとても綺麗だが、
ここからの景色は全く見劣りしない。
私の秘密の場所なんだよ」

「すごい、こんな綺麗な場所があるんだな。驚いた」
「すごいだろ？
私は妖精として、
お前が生まれる何百年も前からいろんな世界を見てきた。
この世界が綺麗事だけじゃないことも、
身に染みてわかっているつもりだ。
だけどそれでも、たまにここに来ると思い出すんだよ。
世界は綺麗なんだってな」
「え？　ルタ、今なんて言った？」
確実に聞こえていましたが、
メテルはルタの言葉に対して心の引っ掛かりを感じ、
再度確かめずにはいられませんでした。
そう、どこかで似たような言葉を、
誰かに言われた記憶があるからです。

「モイ、そうだ。
モイは俺にずっと教えてくれてたんだ。
世界は綺麗なんだって。
なのに俺は自分のちっぽけなプライドを守るために、
母さんのためと自分に嘘をついて、
自分から逃げてたんだ。
モイと出会ってそれがわかっていたのに、
また自分で勝手に蓋をして、モイを傷つけた。
俺は何してんだ、俺は……」
自責の念に襲われていたメテルを見て、
ルタはふっと微笑み、
手を一振りして目の前に光の壁を作りました。
そこには、モイの姿と街の人の姿が映っています。
「モイ、みんな？　これはなんだ？」

「今の下の様子さ。お前の故郷のな」

モイが街のみんなに涙ながらに訴えている姿が、
そこにはありました。
道のひどい所でも歩いたのか、彼女の足は傷だらけで、体中汚れていました。
「ねえ！　みんな聞いて！　メテルがいなくなったの！
お願い！　一緒に捜して！
国中いろんなとこ捜したけど、見つからないの！
お母さんが死んじゃってから、
ずっとうずくまって動かなくなって、
もしかしたら変なこと考えてるかもしれないし、
お願い！　メテルが危ないの！」
モイの必死の訴えに対し、

みんなはどこかその場に居づらそうな顔をしています。
「いや、でも……」
周りをチラチラ見ては、逸らしてを繰り返し、
誰もモイに賛同しようとはしません。
「おいモイ！　こないだも言ったろ？
大人がみんなこうなんだ。お前もこれ以上やると、やべーぞ」
モイを突き飛ばした少年が、
申し訳なさそうなヒソヒソ声で諭してきましたが、
それを押し退け、
みなのその姿にモイは顔を赤らめながら、大声で叫び訴えました。
「いい加減にして！
周りに流されて心に嘘をつかないで！
好きな人には好きって伝えてあげて！
助けてあげてよ！

それで助けられる命があるんだから！
死んじゃったらもう何もできないのよ！
メテルがあんたたちに何をしたの!?
メテルがおかしいんじゃない！
メテルを見るあんたたちの心がおかしいのよ！」

ルタはそこでまた手を一振りして、映像を消しました。
「ルタ、俺は、俺を愛してくれる人がいるのに、
逃げたんだ。逃げたんだよ」
モイの姿を見て、メテルはうずくまり泣きじゃくりました。
「自分を責める方が簡単だからな。
だけどな、メテル、今愛してくれている人と向き合え。
亡くなってしまった人に後悔している事があるなら、
たくさん笑って生きてやれ。

もうすぐこの国に来る母親に、
あの黒い奴らと一緒の思いをさせるのか？
母を想い、笑顔を飛ばしてやるんだ。
それもモイから教わったんだろ？」
「うん。やっと気づいたよ、
俺は間違ってた。
生きるよ、前を向いて」
「その言葉が聞けて嬉しいよ。
ああそうだ、最後にお前の父親から伝言を預かってるよ。
もう、木の実はいらないいな。
お前にも大切な人ができたんだからな。
だってさ」
「え、どういうこっ」

「さあ！　うちに帰れ！」

メテルの言葉を遮る様に、ルタが指をパチンッと鳴らすと、再び目の前が光で覆われました。

そして、メテルは気を失ったのです。

第7章　きら星きらり

メテルは気がつくと、いつもの丘の上にいました。
頭上には、大きく光り輝く星が2つ並んでいました。
そしてなぜか、体に温もりを感じます。
すると、頬に涙がポタリッ。
モイが、メテルを抱き抱えて泣いていました。
「ばか！　急にいなくならないでよ！
めちゃくちゃ捜したんだから！　心配したんだから！
「モイ、モイありがとう。
ありがとう、俺のそばにいてくれて」

「何言ってんの！　私だけじゃない、周りを見て」

見渡すと、そこには国中の人たちがメテルを囲んでいました。

「お父ちゃん！　メテルが目を覚ました！　ほら！」

「メテルごめんね。俺たちみんなモイに気づかされたんだ。

いつもメテルは私たちに笑顔をくれてたのに、
応えてあげなくて、話してあげなくて、本当にごめんね」

大人だけでなく、子供たちもみな泣いていました。

モイを突き飛ばしたあの少年もです。

「メテルごめんな。大人たちのみんな同じって雰囲気が怖くて、
俺何もできなくて、自由にやるモイが羨ましくて、それで……」

「もういいんだよ。そんなことないよ、そんなことないから、
ありがとう、みんな」

「メテルわかった？」

「え？」

「周りを見たら、綺麗な世界があるって」

「うん、ありがとう、モイ。本当にありがとう」

「へへっ、じゃあ一緒に言おうか？」

「うん」

「せーのっ」

「きら星きらり」

おわりに

「明日、絵を描いてきてよ」
ある人のその言葉に、僕の心は救われました。
自分の人生に悩み、もがいて前が見えなくなっていた時、
神様の出来心でしょうか、僕はその人と出会いました。
その人は、自身が忙しいはずなのに、
何も言わずに毎日飲みに行ってはくだらない話をして、
僕がご飯を食べる姿を笑顔で見てくれていました。
どんな励ましの言葉よりも、
その日々は、なんだか心の汚れが落ちていくような気分でした。

20数年絵を描いたことはなかったし、
本もろくに読んだことがなかった自分に、
何を思って「絵を描け」「物語を書け」と勧めてきたのか、
今でもわかりません。
なんで出会ってまもない、何者でもない僕に、
そこまでしてくれたのか、今でもわかりません。
でも、僕の人生はそこから大きく輝き出しました。
ずっと暗い道なんかない、ひとりじゃない、
そんな当たり前の事を、強く教えられました。

そして、今僕の目の前に、
以前の僕と同じ様に、人生に苦しんでいる人が現れました。
あの人がやってくれた様に、僕もこの人を救ってあげられるかな。

そんな思い、そして経験から、この物語を書きあげました。
ただ目の前の大切な人に、
世界は綺麗だよ、と伝えたい。
ひとりじゃないんだよ、と伝えたい。
こんな僕の私情でつくられた物語が、
少しでもみなさんの心を楽にできますよう、
祈っています。

「きら星きらり」

著者プロフィール
坪井 聖（つぼい さとし）
神奈川県生まれ。
明治学院大学文学部英文学科卒。
会社員。

きら星きらり

2022年９月15日　初版第１刷発行

著　者　坪井 聖
発行者　瓜谷 綱延
発行所　株式会社文芸社
〒160-0022　東京都新宿区新宿1－10－1
電話　03-5369-3060（代表）
03-5369-2299（販売）

印　刷　株式会社文芸社
製本所　株式会社MOTOMURA

ISBN978-4-286-23809-8